AF320686

MARCHÉ

AUX

ESCLAVES ET HAREM

ÉPISODE INÉDIT

DE LA

PIRATERIE BARBARESQUE

AU XVIIIᵉ SIÈCLE

PARIS

ERNEST LEROUX, ÉDITEUR

28, RUE BONAPARTE, 28

—

1875

MARCHÉ

AUX

ESCLAVES ET HAREM

IMPRIMERIE EUGÈNE HEUTTE ET Cie, A SAINT-GERMAIN.

MARCHÉ

AUX

ESCLAVES ET HAREM

ÉPISODE INÉDIT

DE LA

PIRATERIE BARBARESQUE

AU XVIIIe SIÈCLE

PARIS

ERNEST LEROUX, ÉDITEUR

28, RUE BONAPARTE, 28

1875

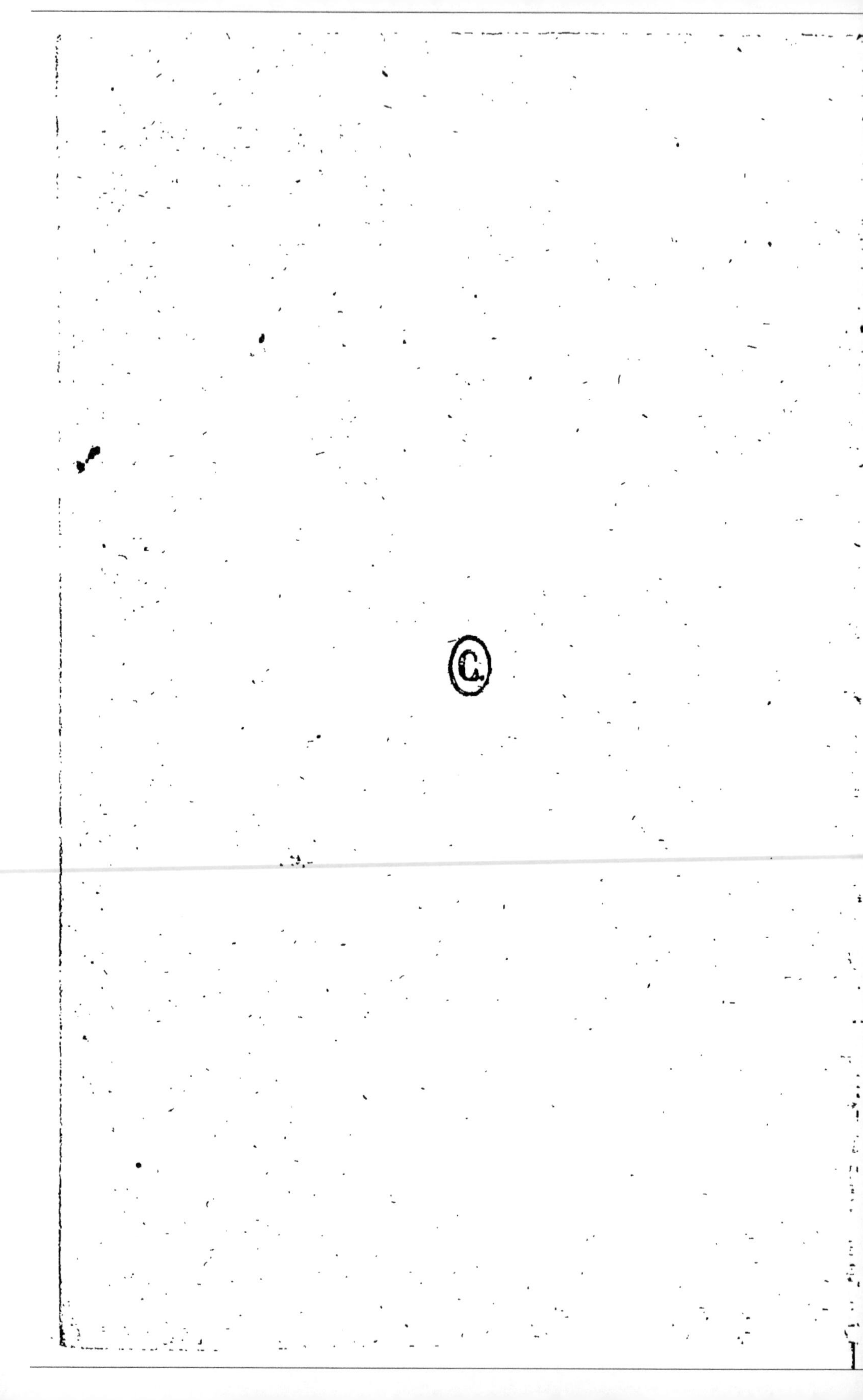

MARCHÉ

AUX

ESCLAVES ET HAREM

Lors de l'excursion qu'elles firent en Sicile, dans une matinale promenade dont le but était la visite de vieilles ruines situées au bord de la mer et au moment où elles étaient le plus distraites par le point de vue qui s'offrait à leurs regards, une jeune et charmante Française, alors âgée de dix-huit ans, Mlle Sidonie B*** et sa tante, jeune femme non moins distinguée que sa nièce, eurent toutes les deux l'affreux malheur de tomber entre les mains d'atroces pirates barbaresques qui n'eurent rien de plus pressé que de leur couper toute retraite, puis de s'emparer de leurs effarées personnes et de les entraîner immédiatement, malgré leurs cris d'effroi, vers leurs embarcations, à bord desquelles ils transportèrent les deux éplorées captives jusqu'à leur vaisseau qui tenait la haute mer. Mais une fois à bord de ce dernier, à quels indignes traitements ne furent-elles pas en butte? D'abord elles furent dévalisées de la façon la plus brutale, puis ensuite on les dépouilla de la moitié de leurs vêtements, c'est-à-dire que ces barbares écumeurs de mer les laissèrent l'une et l'autre, sans aucune pitié pour leurs supplications et leurs larmes, en chemise et en jupon court, outre qu'ils les mirent jambes et pieds nus. Après cela, comme prisonnières, ils les enchaînèrent toutes les deux, puis, ayant soudain repris leur rapide navigation, ils les emmenèrent, en cet état de misère humaine, dans leur lointain et ignoré repaire, pour les vendre comme esclaves sur l'odieux marché de chair humaine qui s'y tenait. Or, pour la connaissance des faits et de la suite de cette histoire, laissons actuellement la parole à Mlle Sidonie.

— Après trois longs jours passés sur mer au milieu des plus pénibles privations, comme au milieu d'une troupe d'hommes de la pire espèce, qui ont cependant fait l'effort de nous respecter, une fois arrivées au port et que nous eûmes été débarquées et descendues à terre, rapporté-t-elle, et alors que nous nous vîmes, ma pauvre tante et moi, sur cette plage de la côte d'A-frique, non, je ne saurais dire ce que nous éprouvâmes à l'instant même en nous deux, puis ensuite aux premiers pas que les pirates nous ont fait faire sur ce sable brûlé par le soleil pour gagner la terre ferme, quelle n'a pas été aussi notre émotion mutuelle! La perspective de l'esclavage auquel nous allions être livrées, l'aspect de toutes les choses qui nous entouraient là et l'air que nous respirions déjà, tout cela ne nous faisait que trop sentir que c'était dans un pays à nous totalement étranger et inconnu que nous mettions les pieds, que c'était à d'autres mœurs que nous allions avoir affaire et qu'également c'était à la rencontre d'une civilisation

grossière et barbare que nous marchions
à présent. Enfin, telles ont été les sombres
préoccupations d'esprit sous l'empire desquelles, emmenées par nos pirates, nous
avons cheminé depuis le bord de la mer
jusqu'au haut de la côte qui s'offrait devant nous et qu'on nous fit gravir pour
être conduites de là, à moitié nues comme
nous l'étions toujours, sans aucune pitié
pour la délicatesse de nos personnes, et
réduites à faire une grande heure de mar-
che, pieds nus, sur une terre aride et brû-
lée par le soleil, à une petite ville qui,
comme toutes celles de l'Orient, n'avait à
l'extérieur rien de bien attrayant. Mais à
l'intérieur c'était bien pire encore, et ici
je ne saurais dire l'impression que nous
éprouvâmes toutes les deux alors que nous

nous vîmes engagées avec les hommes de
mauvaise mine qui nous conduisaient
dans de petites rues étroites et tortueuses
où l'on pouvait à peine marcher deux de
front et dans lesquelles, du reste, nous ne
rencontrâmes âme qui vive, ce qui ne
laissa pas que de nous causer bientôt une
certaine épouvante, je dois le dire, de nous
trouver dans cette solitude et au milieu de
ce silence, ne sachant où nous allions.
Cependant, en avançant toujours, nous
arrivâmes à une place qui s'ouvrait devant
une grosse mosquée, et ce fut là que se pré-
sentèrent à notre vue les premiers habitants
de cette taciturne ville. C'était un étrange
mélange d'hommes vêtus et non vêtus,
mais tous d'une laideur à faire fuir. Les
uns avaient le teint tout cuivré et les au-

tres parfaitement noir, puis avec cela ils
étaient vêtus de costumes d'une origina-
lité plus ou moins remarquable. Parmi
eux se trouvaient aussi des nègres du plus
beau noir, lesquels étaient de la tête aux
pieds entièrement nus. C'était en un mot
un spectacle assez bizarre que de voir tout
ce monde circuler, fort paisiblement d'ailleurs, sur cette place. Mais, lorsque toutes
les deux nous y fîmes notre apparition,
inutile de dire le cercle de curieux qui se
forma aussitôt autour de nous et avec
quels yeux étranges nous fûmes regardées
et toisées l'une et l'autre par tout ce laid
public dans la mine duquel il était facile
toutefois de lire qu'il n'avait pas l'habitude de voir souvent de jeunes esclaves
blanches comme nous être amenées dans

leur pays. Notre présence y était donc un événement, mais de la part de plusieurs de ces curieux, ce qui parut surtout redoubler leur attention, c'était de nous voir offertes à leurs regards à moitié nues et enchaînées comme nous l'étions ; cela même nous fit passer à leurs yeux pour deux prisonnières de guerre, venant sans doute de quelque contrée étrangère, lesquelles leurs lois ordonnaient qu'on vendît comme esclaves. Peut-être même cette curiosité dont nous étions l'objet n'avait-elle d'autre but que de supputer déjà le prix auquel nous allions être vendues l'une et l'autre. Toutefois, notre station sur cette place ne dura que quelques instants, après lesquels les hommes qui nous conduisaient, nous firent re-

prendre notre course le long de nouvelles
petites rues étroites, mais cependant moins
sombres et plus fréquentées que les précé-
dentes, car ce fut là que, tout en regardant
à droite et à gauche comme en observant
la singulière construction de plusieurs
maisons et pendant que nous foulions de
nos pieds nus un sol tantôt pavé de pierres
plates, tantôt hérissé de fragments aigus
de pierre et par places quelque peu malpro-
pre, ce que nous trouvâmes, je l'avoue, du
dernier déplaisant, nous qui n'avions nullement l'habitude de marcher ainsi pieds
nus, ce fut là, dis-je, que nous nous croi-
sâmes avec des femmes qui, à la première
vue, nous parurent être de fort belles personnes et nous remirent un peu de la laideur des hommes que nous venions de

voir. A ce que nous pûmes distinguer, les
unes avaient un teint brun et chaud tandis que les autres étaient aussi blanches
que nous, et, à ce sujet, je dirai qu'on
pouvait les voir d'autant mieux qu'elles
n'avaient pas de voile qui les cachât et
qu'elles étaient assez découvertes par le
costume qu'elles portaient, lequel consis-
tait en une unique chemise longue et large
ou de crêpe noir transparent ou de soie
rayée blanc sur blanc également transparente, n'ayant pas de manches et étant ou-
verte par devant depuis la gorge jusqu'au
milieu du ventre, ce qui permettait de voir
à peu près tout leur corps. Au soleil brillaient les massifs cercles d'or ou d'argent
dont leurs poignets et le haut de leurs bras
nus étaient ensemble ornés, puis à leur cou

se voyaient aussi de brillants colliers. En outre, sur leur tête, pour se garantir sans doute les yeux des ardeurs du soleil, elles portaient des chapeaux de paille à larges bords de dessous lesquels tombaient sur leurs épaules les longues tresses formées par leurs cheveux noirs. Mais si elles avaient la tête couverte, il n'en était pas de même de leurs pieds qui étaient sans chaussures, car je crus m'apercevoir qu'elles marchaient toutes nu-pieds. Telles étaient du moins les premières habitantes de la ville que nous eûmes occasion de rencontrer et dont la vue combla le désir que nous avions de connaître quelles personnes elles étaient. Avec quelque curiosité elles nous regardèrent passer, mais cependant sans paraître étonnées

de nous voir là ni dans l'état de demi-nu-
dité dans lequel nous nous trouvions offertes à leurs yeux. Enfin, après plusieurs
rencontres plus loin d'hommes dont les regards lascifs et indiscrets fixés sur la nudité
de nos personnes, nous firent baisser les
yeux et rougir de honte, nous débouchâ-
mes sur une nouvelle place où se dressait
un grand bâtiment qui n'était autre que
l'affreux marché aux esclaves, dont, ô in-
fortunées ! on allait donc à présent nous
faire faire l'odieuse connaissance. En effet,
après qu'on nous eût fait franchir la grande
porte qui s'ouvrait sur la place, nous nous
vîmes introduites dans une grande et
large cour entourée d'arcades surmontées
d'un étage d'inégale élévation, percé de
petites fenêtres grillées qui ressemblaient

assez à celles d'une prison et dont l'ensemble donnait à ce lieu un aspect des
plus sévères et ne prévenant nullement
en faveur du révoltant commerce qui se
faisait là. Or, au moment où nous entrâ-
mes dans cette même cour, nous la trouvâmes occupée en partie par une nom-
breuse affluence de gens de toutes sortes
arrêtés ou circulant autour d'un groupe de
négresses accroupies, entièrement nues, à
terre, à l'ombre devant les arcades, desquelles des marchands étaient en train de
faire la vente d'une manière qui nous sem-
bla être assez bruyante. Quant à nous,
nous fûmes immédiatement dirigées vers
une place où nous devions être tout à fait
en vue et où nous pourrions d'autant
mieux attirer sur nous l'attention du pu-

blic, c'est-à-dire vers une arcade devant le
pilier de laquelle se trouvait un large bloc
de bois sur lequel nous fûmes installées
avec nos nudités et nos chaînes que nous
prîmes dans nos mains pour ne point en
être gênées et pour moins les sentir aussi.
Mais lorsque là nous nous fûmes assises,
l'une à côté de l'autre, ma tante et moi,
toutes étourdies de ce qui nous arrivait et
bientôt après toutes rêveuses et regardant
avec anxiété tout ce qui se passait autour
de nous dans ce marché où nous ne fûmes
pas sans remarquer également que nous
étions les seules esclaves blanches qu'on
y vît, au bout d'un instant ma tante prit
soudain la parole pour exprimer tout
haut son indignation à l'endroit de l'acte
d'infâme piraterie dont nous étions victi-

mes toutes les deux et ensuite le chagrin que lui causait cette même aventure qui était si inattendue et si loin de toutes nos prévisions, alors que nous nous étions mises en route pour faire ce si malencontreux voyage qui finissait par l'esclavage auquel nous ne pouvions vraiment croire que nous étions réduites maintenant sous un ciel qui nous était parfaitement étranger. Mais ce sur quoi je l'entendis appuyer surtout, ce fut la peine qu'elle en ressentait rien qu'à cause de moi qui lui avais été confiée et ensuite parce qu'elle me trouvait trop jeune et que je n'avais encore aucune expérience du monde pour savoir me conduire dans une position aussi critique ni résister à l'orage, car chez ces détestables gens de l'Orient il n'est pas une seule jeune fille esclave qui reste vierge et pure ; elles servent toutes à leurs infâmes débauches et à l'assouvissement de leurs brutales passions.

Mes parents m'avaient parfaitement élevée, m'observa-t-elle, pour m'établir, quand le moment en serait venu, d'une manière aussi sortable que possible au nom et à la fortune que je devais avoir, mais à présent, à quoi bon toute l'éducation que j'avais reçue et pour laquelle l'on avait fait tant de sacrifices, quand tout allait être à jamais perdu pour moi et que nous ne savions point nous-mêmes ce que nous allions devenir, captives que nous étions d'abominables gens que nous ne connaissions point du tout et desquels nous étions certes bien loin d'avoir à nous

louer. Ces écumeurs de mer qui nous
avaient prises nous avaient faites esclaves;
c'était un fait qui, du même coup, nous
avait ravi notre liberté, nos noms et notre
qualité de Françaises, et maintenant le
moins qu'il pouvait nous arriver, ce serait, comme c'est l'usage du pays, d'être
vendue chacune à l'encan et d'être ad-
jugée au plus offrant et dernier enché-
risseur pour être mise au service de je ne
sais qui; c'était l'épreuve qu'il fallait dès
à présent nous résigner à subir avec courage, commandée qu'elle est par les mœurs
toutes nouvelles pour nous auxquelles
nous nous trouvions désormais soumises
au milieu d'un peuple qui nous était inconnu. Là-dessus je fis un mouvement
de corps comme si le frisson me courait

sur tous les membres, puis ce fut après que j'entendis ma tante se récrier de nouveau encore contre l'acte de brigandage et l'injustice de l'esclavage dans lequel nous avions été si brutalement réduites, pour toute notre vie, dans ce barbare pays-ci, et ce qui ajoutait encore à sa désolation, c'était de penser que, lorsqu'on ne nous verrait pas revenir de notre voyage, chacun serait à se demander ce que nous sommes devenues et ce qui nous est arrivé en route; mais personne n'ira s'imaginer que nous avons été prises par d'infâmes pirates barbaresques, qui nous ont vendues, et qu'à présent nous sommes dans l'esclavage dans leur pays, dont nous ne sortirons plus jamais, et avec cela aucun moyen de donner de nos nouvelles, non plus que de faire savoir où vous êtes et ce que vous êtes devenues. C'est terrible, des aventures comme celles-là! fit-elle en poussant un profond soupir et en maudissant le sort qui nous était si fatal à toutes les deux. Néanmoins ce fut alors que, profitant d'une minute de calme et d'absence de toute figure étrangère autour de nous, nous nous mîmes à nous entretenir ensemble avec intimité des personnes qui nous étaient chères, de ce qu'elles pouvaient faire et devenir, puis de notre famille, des personnes que nous connaissions, des choses du monde qui jusqu'ici avaient fait toute notre existence et enfin de tout ce que nous laissions derrière nous, à quoi il nous fallait donc dire un éternel adieu, ce que nous n'accueil-

lîmes toutefois qu'avec des regrets qui
nous fendaient le cœur et qui même, un
instant, nous firent répandre quelques
larmes bien amères. Hélas! nous voyions
déjà que là où nous nous trouvions, tout
ce qui nous entourait nous était totalement étranger et inconnu et sentait une
civilisation grossière ainsi que des mœurs
toutes différentes de celles que nous avions
connues jusqu'à ce jour dans notre heureuse France ; en un mot, nous nous sen-
tions toutes dépaysées. Cependant cette
courte conversation que nous venions de
tenir, ces souvenirs que nous nous étions.
retracés de notre pays natal nous avaient
fait passer un moment heureux au milieu
de notre triste infortune ; mais elle était
trop présente devant nos yeux pour que

nous ne fussions pas rappelées aussitôt à notre position, si terrible et si nouvelle pour nous, de captives comme d'esclaves, et pour que toutes nos pensées, que nous portions naturellement sur la France, ne fussent pas, au contraire, dirigées sur tout ce qui se faisait dans le pays qui était devenu maintenant notre nouvelle patrie, que son esclavage allait nous apprendre à connaître à fond. — Hélas! ma chère enfant, entendis-je en ce même moment dire par ma tante, sommes-nous assez malheureuses pour nous voir dans la plus affreuse des positions dans un pays dont les usages semblent être si étranges, ne fût-ce que cette horreur de vente de vos personnes au marché comme si vous étiez des chevaux ou des mulets; jamais il ne nous est arrivé rien de pareil; c'est pourquoi il nous faut avoir du courage et de la résignation pour souffrir tout cela, d'autant plus que nous avons affaire à la plus exécrable race d'hommes qu'il y ait dans le monde et qui ne nous épargneront pas les mauvais procédés quand déjà ils nous ont enchaînées comme des criminelles. Mais esclaves que nous voilà donc, par qui allons-nous être achetées et à qui appartiendrons-nous? Bien heureuses encore si nous n'avons pas la douleur d'être séparées l'une de l'autre, car il ne serait pas impossible que cela arrivât. Ce doit être, pour le moment, toute notre préoccupation d'esprit, et Dieu veuille, chère enfant, que je ne te quitte point! Je reste toujours ta tante. bien que, devant l'esclavage et la loi de ce barbare pays, laquelle brise jusqu'aux liens du sang entre esclaves, je ne la sois plus, et si nous sommes achetées chacune par un maître différent qui nous enferme chez lui, souviens-toi souvent de moi et, je t'en supplie, n'oublie jamais celle d'abord qui t'a donné le jour et qui est ta mère chérie, et ensuite ta tante bien-aimée, car ce sera bien cruel si, au sortir de cet affreux marché, nous ne nous revoyons plus jamais de notre vie l'une et l'autre. Et cependant les pauvres esclaves en sont toutes là dans ce barbare Orient ! Une fois achetées, elles sont emmenées les unes d'un côté et les autres d'un autre, comme d'ordinaire ça se fait dans ces pays qui, comme celui-ci, pratiquent l'esclavage. Mais encore, si nous étions au fait des mœurs de ces horreurs de gens qui habitent ce pays-ci et que nous avons là devant les yeux, et si nous savions quelle existence mènent chez eux les femmes esclaves, peut-être notre malheur nous semblerait-il moins grand et serions-nous fondées à ne pas nous trouver par trop dépaysées. Cette ignorance du sort qui vous attend chez un peuple qui vous est si totalement étranger et inconnu est une chose vraiment terrible qui vous jette dans des anxiétés que vous n'auriez peut-être point sans cela ; mais comment et par qui pourrions-nous le savoir d'avance, ne connaissant ici âme qui vive? Chère enfant, nous ne serons au fait de notre vie d'esclaves que lorsque nous serons vendues, et je crois bien qu'avec les gens auxquels nous avons affaire, l'on ne va pas nous faire attendre long-temps à présent, témoin ces premières figures qui commencent déjà à se montrer autour de nous et à nous regarder d'une manière qui ne nous présage rien de bon. Tenons-nous comme il faut, et surtout pas de peur inconsidérée, quoique cependant je craigne très-fort que tout à l'heure ces coquins qui nous vendent ne nous dépouillent des vêtements qu'ils nous avaient laissés et ne nous mettent entièrement nues là, devant tout le monde, comme du reste il est de règle que soient toutes les esclaves qui sont vendues sur leurs marchés. — O mon Dieu ! fis-je à ces dernières paroles, nous allons donc être nues aussi comme sont les nègres ; ce

ne sera guère beau. — Et surtout peu dé-
cent, reprit soudain ma tante qui ajouta :
Et c'est que cette horreur, chère enfant,
nous est plus particulièrement réservée
à nous, comme femmes blanches, sur
ces odieux marchés d'esclaves ; elle ne
peut donc manquer de nous arriver aussi,
et, n'ayant jamais de notre vie été vendues comme esclaves, oh ! cela va être un
véritable supplice pour nous. N'ayant
point été élevées toutes les deux dans des
habitudes aussi décolletées, qui ne sont
le propre que des femmes de mauvaise
vie, quelle figure allons-nous faire dans
cet état de complète nudité dont ne nous
feront pas grâce certainement les infâmes
brigands entre les mains désquels nous
sommes tombées et qui vont nous vendre

le plus cher qu'ils pourront. Maintenant comment notre pudeur et nos personnes seront-elles traitées par ces monstres et comment les choses se passeront-elles? Je n'ose y penser, ce doit être une révoltante infamie, et pourvu encore qu'ils nous trouvent de leur goût!... Nous sommes jeunes et bien constituées, nous n'avons point de défauts corporels et avec cela nous avons très-bonne mine, j'espère bien que, dans notre état de nature, nous leur plairons, et que ce sera sans doute un titre à être traitées un peu moins mal par eux pour la première fois de notre vie que nous allons passer par ce qui se pratique sur leurs odieux marchés de chair humaine. Mais, bon Dieu! être toutes nues et cachées par rien du tout, là, en pleine place publique, quelle horreur! quelle honte! Est-il donc possible d'être aussi malheureuses et de finir aussi mal un voyage dans lequel nous nous étions promises, jusqu'au dernier jour, tant de plaisirs! Lorsque nous sommes parties, qui nous aurait jamais dit que nous allions tout droit à un pays où un acte d'horrible violence nous ferait devenir esclaves toutes les deux en Afrique? Et, je le répète, que vont dire parents et amis de ne plus nous voir revenir? On va certainement nous tenir pour mortes et porter notre deuil, tandis que nous serons toutes vivantes dans ce barbare pays-ci, dont nous ne devons plus songer, hélas! à sortir jamais, à présent que nous y sommes dans l'esclavage. Ma pauvre enfant, nous sommes nées sous une bien mauvaise étoile ! termina ma tante d'une voix émue et les larmes aux yeux, alors que, pour nous voir de plus près, s'était tout à coup arrêté devant nous un fort laid personnage, à figure noire et farouche, puis enveloppé tout entier dans un grand manteau blanc, mais d'une manière qui le faisait tout à fait ressembler à une vieille femme. La mauvaise mine des forbans qui nous avaient capturées nous avait déjà causé assez de frayeur, mais ici j'avoue que celle de ce nouveau venu y mit le comble et qu'en moi-même je me mis à dire aussitôt que, pour rien au monde, je ne voudrais être l'esclave d'un pareil homme. Je ne sais s'il nous trouva trop bien pour lui, mais toujours est-il qu'au bout de quelques instants il nous délivra de sa présence et disparut. Alors nous pûmes respirer de nouveau, mais, pour notre malheur, il ne fut que trop vite remplacé plusieurs minutes après, pendant lesquelles, à demi-voix, je témoignai à ma tante mon étonnement précisément de ne voir aucune femme dans le groupe d'hommes que notre présence avait déjà commencé à attirer devant nous; mais à peine ma tante eût-elle le temps de me répondre que dans ce barbare pays-ci, comme dans tous les autres de l'Orient, les femmes étaient bannies de la présence des hommes dans les lieux publics, que déjà jusqu'à nous s'était avancé un nouveau curieux qui, je dois le dire, débuta par nous regarder, et moi principalement, d'une manière très-attentive, pour ne pas dire très-indiscrète, laquelle même me fit rougir et baisser les yeux, outre que devant lui je tremblai involontairement de peur à la vue de sa tournure étrange et de sa laideur, qui était pire encore que celle de son prédécesseur. De plus, il avait un air farouche qui le rendait tout à fait déplaisant; mais, au témoignage de respect que lui donnèrent en même temps nos ravisseurs, nous dûmes comprendre de suite, ma tante et moi, que nous avions devant nous un certain personnage, probablement un eunuque noir, présuma ma tante, lequel était au service de quelque haut personnage habitant la ville. Toujours est-il qu'il était suivi d'un grand et beau nègre, mais qui était entièrement nu, n'ayant pour tout vêtement qu'un petit caleçon de toile comme ceux que portent les hommes, dans notre patrie natale, lorsqu'ils sont au bain; ce qui, à la première vue, n'a pas laissé que de choquer vivement ma tante à cause de moi, qui n'avais jamais eu pareil spectacle devant les yeux; il est vrai que je n'étais pas encore venùe être esclave en Orient pour voir de si près une semblable indécence, qui, du reste, ne fût-ce qu'à cause de la couleur, n'avait rien de séduisant. Toutefois notre laid personnage, dans la possession duquel je redoutais déjà très-fort de tomber, ne me quittait point des yeux, et même dans l'expression de son regard je crus lire que, n'ayant pas l'habitude de voir souvent de jeunes esclaves aussi

blanches, aussi jolies et d'aussi bonne
mine que nous, et lesquelles avaient une
aussi bonne tournure, c'était pour lui un
bonheur que de m'admirer tout à son aise ;
mais bientôt son admiration devint trop
prolongée et trop indiscrète pour que nous
n'eussions pas lieu, ma tante et moi, d'en
redouter une fatale conséquence, ce qui
précisément arriva, c'est-à-dire que, au
moment où ma tante s'était écriée que
c'en était fait, j'allais dans un instant être
vendue, ce noir personnage prit tout à
coup le rôle d'acheteur, lequel n'eut rien
du tout d'agréable pour moi.

Or, comme j'avais eu le malheur de lui
plaire, ce n'a pas été sans une certaine
émotion que je l'ai vu, avec un air d'au-
torité, faire signe aux brigands qui nous

vendaient d'approcher de lui, ce que ces derniers firent immédiatement et alors nous fûmes témoins d'un débat qui jeta ma tante dans la plus vive des indignations. Son objet était pourtant la mise à prix de ma personne, de même que la valeur que je présentais comme marchandise d'une excellente qualité et ensuite le chiffre élevé de la somme que je devais coûter à mon acquéreur ; ce qui fit murmurer tout haut par ma tante que c'était une chose révoltante que de voir appliquer à des personnes humaines le mode de vente dont on n'use ailleurs que pour les animaux domestiques que nous n'étions point cependant. Mais comme la discussion prenait un tour plus sérieux, à l'appui des qualités physiques, de la beauté

naturelle et surtout de mon état garanti
de virginité qu'ils invoquaient pour faire
hausser ma valeur et pour la justification
de leur dire, les affreux pirates auxquels
j'avais affaire, m'ayant fait lever de ma
place et mettre debout, firent aussitôt
mine, sur la demande aussi de mon laid
personnage, de me dépouiller des derniers
vêtements que j'avais sur mon corps et
enfin, comme cela devait être en pareille
circonstance, de me mettre entièrement
nue. A leurs paroles de même qu'à leurs
gestes j'avais de suite compris leur in-
tention, mais, dans mon effroi, je ne les
eus pas plutôt senti me toucher que je
leur opposai une résistance désespérée,
tout en m'efforçant de leur échapper. Ma
tante s'élança soudain à mon secours en-

s'écriant qu'elle n'entendait pas qu'on me traitât avec si peu d'égards, que j'étais une jeune fille innocente et honnéte, que c'était déjà trop de me mettre devant les yeux un homme nu et que je n'avais point besoin d'être toute nue aussi devant tout le monde; mais pendant que, malgré qu'elle fût enchaînée, elle me défendait avec toute l'énergie dont est capable une mère qui ne veut point qu'on fasse de mal à son enfant, deux de nos horribles pirates s'emparèrent violemment de sa personne, lui lièrent solidement les mains derrière le dos avec sa chaîne, puis, l'entraînant avec eux, l'attachèrent au pilier de l'arcade devant lequel se passait cette scène. Puis, cette barbare exécution accomplie, les deux monstres revinrent soudain à

moi et cette fois, réduite à céder malgré
moi à la violence, force me fut, au milieu
d'un déchirant accès de désespoir, de me
laisser déshabiller entièrement et mettre
là, en plein air et sur place, nue comme
un singe, ce qui, je dois le dire, fut l'affaire
d'un tour de main. Oh! pour comprendre
dans quelle révolte se mit ma pudeur à
cet horrible moment, il faut avoir été
vendue soi-même dans un marché de
femmes esclaves. Me sentant n'avoir plus
aucun vêtement sur le corps, je changeai
soudain de couleur et mon premier mouvement fut de me cacher la figure dans
mes mains toujours enchaînées, mais
presque aussitôt je sentis se poser sur mon
épaule la main d'un de nos ravisseurs qui,
en m'adressant dans son jargon je ne sais

quelle injure, me fit quitter la pose que je venais de prendre et coller mes bras contre mon corps. Aussitôt après il me fit tourner et retourner sur moi-même, et pour faire valoir sa marchandise, il me toucha sur toutes les parties de mon pauvre corps, en appelant l'attention sur chacune de mes perfections naturelles. Enfin je dus le laisser manier avec la dernière impudeur toute ma nue personne dont il fit l'objet de remarques et de commentaires qui n'étaient rien moins que convenables. Véritablement j'eusse été un animal que je n'aurais pas été traitée plus mal. Ma pudeur était aux abois et toute tremblante je ne savais plus à quel saint me vouer. Oh! que c'est donc épouvantable d'être esclave chez ces barbares gens de l'Orient!

m'écriais-je en moi-même pendant que l'odieux pirate détaillait à haute voix et faisait entrer en ligne de compte tous les avantages que je possédais physiquement, notamment la blancheur et la finesse de toute ma peau, ma jeunesse, ma fraîcheur, la perfection de toutes mes formes, la bonne santé dont je paraissais jouir et surtout ma complexion et mon intacte virginité. Tout en proclamant que de jeunes esclaves blanches de mon espèce étaient rarement vendues dans le pays et que de là leur prix n'en était que plus élevé, cet horrible trafiquant de chair humaine faisait briller d'autant plus toutes les perfections qu'il me donnait devant les yeux de mon laid personnage qui, à son tour aussi, ne se montra pas plus humain que mon exécrable vendeur et duquel je n'eus à attendre aucune pitié non plus. En effet, en dépit de tous mes pudiques efforts pour me cacher, voulant vérifier par lui-même à quelle jeune et blanche esclave il avait affaire, il me soumit aussitôt toute entière à ce que précisément je redoutais le plus de me voir arriver, c'est-à-dire à un examen des plus minutieux qui, depuis mes dents et l'intérieur des mes yeux s'étendit jusqu'aux parties les plus secrètes et les plus délicates de mon corps, et cela avec des attouchements qui non-seulement outragèrent ma pudeur et mon innocence de jeune fille sans le moindre cas de conscience, mais encore trahissaient la grande habitude qu'avait ce hideux eunuque de manier des femmes

nues dans toutes les parties même les plus
inconnues de leur corps. Mais ici je puis
bien dire qu'il eut entre ses mains le mien
que rien ne cachait donc, tel que je l'avais
d'habitude sans aucun apprêt ni aucun
embellissement de toilette et à ce moment se ressentant un peu du manque
de soins dont le voyage avait été la cause,
c'était, on peut le dire, la nature prise
sur le fait. Néanmoins il me trouva sans
défauts, et après m'avoir bien inspectée et
touchée avec la plus cruelle impudeur et
des pratiques que je trouvai des plus
étranges, depuis les cheveux de ma tête
jusqu'à mes doigts des pieds, il déclara
que j'étais en tout point de son goût et
ajouta que je servirais parfaitement pour
le lit et que je ferais une excellente concu-

bine chez le maître auquel j'appartiendrais. Soudain alors il se rendit mon acquéreur, et tout en débattant une dernière fois le prix élevé qui était demandé, plus morte que vive à ce moment, je le vis solder son acquisition avec une double bourse bien garnie qu'il donna à mon infâme vendeur qui la reçut en lui souhaitant mille bénédictions.

O infortunée créature! de libre et de Française que j'étais, il y avait trois jours encore, c'en était donc fait! j'étais devenue actuellement une jeune fille blanche esclave de l'Afrique, sans nom, laquelle ne devait plus vivre désormais sous d'autre ciel que celui de la Barbarie. O quelle horrible destinée! et si jeune avoir perdu sa liberté!... Mais quelle vie ont ici les filles esclaves !... Or, pendant que je m'exclamais ainsi en moi-même, et une fois l'achat soldé et après qu'on m'eut délivrée de mes chaînes, il fallut me laisser emmener chez le maître pour le harem duquel son noir et laid eunuque venait donc de faire l'acquisition de ma nue personne. C'est pourquoi, singulier trait de mœurs, après avoir paru devant tous les yeux à l'état de la plus dégoûtante et impudique nudité dans lequel une jeune fille honnête puisse se montrer, ne devant plus maintenant au contraire être visible pour personne, si ce n'est pour mon maître seul, l'on me jeta aussitôt sur la tête et les épaules un immense voile blanc dans lequel je fus empaquetée toute entière, excepté à l'endroit de mes deux yeux

qu'on me laissa libres pour pouvoir me
conduire, mais sous ce voile je restai les
pieds nus. Cependant, ainsi affublée de la
tête aux pieds, au moment où je vis qu'il
me fallait partir avec ce hideux eunuque,
oh ! n'écoutant plus que le sentiment de
l'amour filial, je me précipitai soudain
vers ma pauvre tante qui, attachée comme
elle l'était à son pilier, ne pouvait faire le
moindre mouvement : je lui sautai au
cou, et au milieu de nos larmes ainsi que
de nos sanglots réciproques nous nous
dîmes toutes les deux un adieu des plus
déchirants, jusqu'à ce qu'au bout d'un
instant je fus brutalement arrachée à ses
brûlants embrassements et séparée d'elle,
hélas ! pour toujours, pour être rappelée
là à ma condition d'esclave et à l'obéis-

sance que je devais montrer désormais comme telle. Et c'était, ô infortunée ! pour me faire quitter cet horrible marché où je venais donc d'être publiquement vendue comme une vile marchandise et pour que je prisse immédiatement le chemin de la maison de mon maître sous la conduite, non du hideux eunuque, mais du grand nègre nu dont je suivis alors les pas au travers de la foule grossissante qui remplissait le marché, et cela en pleurant à chaudes larmes sous mon voile, puis en me demandant à chaque instant ce que j'allais faire à être esclave dans un pays et au milieu de gens que je ne connaissais point du tout et dont la vue seule me causait un effroi mortel. Toutefois, c'est ainsi qu'en me trouvant pour la première fois de ma vie en la seule compagnie d'un homme nu à la bonne foi duquel j'étais confiée, après nous être engagés ensemble, à notre sortie du marché, dans une suite de petites rues étroites que j'avais déjà appris à connaître et lesquelles n'avaient rien de distrayant, où c'était toute en larmes et occupée de ma malheureuse tante que je mettais un pied devant l'autre, c'est ainsi, dis-je, que j'arrivai bientôt avec mon noir guide à une maison dont la façade était plus élevée et d'une apparence plus grande que celles des maisons voisines. C'était l'habitation de notre maître à tous les deux. Sa basse et petite porte d'entrée ne tarda pas à s'ouvrir pour nous livrer passage, mais quand je l'enendis se refermer derrière moi, une fois

que j'en eus franchi le seuil, non, je ne
saurais rendre le serrement de cœur que
j'ai éprouvé au même instant, comme si
j'étais entrée dans une prison, où encore,
dans le premier moment, ma peur n'a pas
été moins vive, je l'avoue, de me voir
seule et sans défense au milieu de figures
noires et blanches de femmes qui m'étaient
si parfaitement étrangères et inconnues.
Hélas! ce n'était point à des Françaises
comme moi que j'avais affaire là ; ce n'é-
tait point non plus dans une maison française que j'avais mis le pied là ; aussi que
je me trouvai de suite dépaysée au milieu
de ce monde qui était tout nouveau pour
moi comme le costume dont il était revêtu
et que je voyais aussi pour la première
fois de ma vie! Cependant il est juste de

dire que je reçus un fort bon accueil de toutes les habitantes de cette- originale maison, lesquelles se sont montrées aussi prévenantes que possible à mon égard et ont fait· d'abord tout ce qu'elles ont pu pour me rassurer et me faire sortir de ma timidité en me donnant à entendre que pour elles j'étais une amie de plus qui allait partager leur condition d'esclaves ainsi que leur existence de chaque jour. Enfin elles ont été les premières à me montrer ce que j'avais présentement à faire pour ma bienvenue, une fois qu'elles m'eurent introduite dans l'intérieur de la maison et qu'elles m'eurent fait connaître le lieu que je devais habiter désormais avec elles et où j'allais donc passer toute ma vie d'esclave, enlevée à ma malheureuse tante de même qu'au monde de ma chère patrie natale pour lequel je suis à jamais morte...

Infortunée ! c'est pourtant ainsi qu'au milieu d'un mauresque salon tout lambrissé du haut en bas, dont le plancher était entièrement caché sous un large et riche tapis de Smyrne, dont tout le pourtour était garni d'un large divan de damas de soie bleu et or sur lequel gisaient, jetés à droite et à gauche parmi ses coussins, une ceinture à longue frange de soie rouge et or, puis des voiles de gaze légère et transparente, lequel salon encore recevait son jour par la porte qui s'ouvrait sur une galerie qui entourait la cour d'entrée ; c'est enfin au milieu de cette même pièce qu'à peine entrée j'ai vu d'abord deux laides négresses à moitié nues s'approcher de moi pour m'aider à me débarrasser entièrement du voile sous lequel j'étais si totalement cachée et que les convenances de l'endroit exigeaient que j'ôtasse immédiatement. Mais ce dernier une fois enlevé, malgré mes pudiques larmes, de dessus mon corps, oh ! je ne saurais dire quelle figure je fis ni de quelle couleur je devins aussitôt alors que je parus, depuis la tête jusqu'aux pieds, toute nue et telle que la nature m'avait faite jusque dans les plus secrètes parties de mon corps et avec toutes mes perfections et imperfections physiques que rien ne cachait plus, là, au grand jour, devant les yeux de quinze femmes noires et blanches qui s'étaient groupées toutes souriantes et curieuses autour de

moi, que je ne connaissais point du tout
ni que je n'avais jamais vues de ma vie,
dont la moralité m'était quelque peu sus-
pecte et lesquelles enfin étaient à demi
nues, car elles avaient toutes pour unique
costume une large culotte à la turque de
mousseline claire de l'Inde, retenue sur le
ventre par une riche ceinture de soie à
longues franges et ne descendant pas plus
bas que les genoux ; tout le reste de leur
corps était nu, mais à leurs poignets
comme au haut de leurs bras et autour
de la cheville de leurs pieds brillaient de
larges cercles d'or unis, sans oublier de
dire qu'elles avaient la figure peinte, les
doigts de leurs mains et de leurs pieds
teints en rouge orangé et que celles qui
étaient blanches avaient sur le dos de

leurs mains, sur leurs bras et dessus leurs
pieds de petits tatouages représentant des
fleurs et des étoiles. Devant toutes ces
belles inconnues inutile de dire que j'é-
tais dans un pudique émoi tel que je n'o-
sais plus ni respirer ni lever les yeux.
Toutefois, à la vue de mon chaste embar-
ras, elles furent assez aimables pour m'en-
gager de la voix et du geste à ne pas me
livrer à une peur si grande, attendu
qu'elles ne me voulaient aucun mal et
que ce qui m'arrivait là était ce qui se
faisait d'habitude à l'égard de toutes les
esclaves nouvelles dans le harem. Du
reste elles me firent en même temps comprendre qu'elles me trouvaient très-bien
et de leur goût; j'étais très-blanche, j'avais
une peau fine et satinée, de plus j'étais

une jolie personne d'une grande fraîcheur, très-bien faite et ayant une taille svelte, avec cela j'avais toutes les apparences de la pureté d'une jeune fille qui n'avait pas encore été déflorée, et enfin je réunissais toutes les qualités physiques nécessaires pour faire une charmante fille esclave de harem.

En un mot, selon elles, j'étais une acquisition comme il ne s'en faisait pas tous les jours et dont on pouvait être fier. Puis, là-dessus, tout en m'assurant de nouveau qu'elles ne me voyaient pas un seul défaut corporel, elles se prirent à m'examiner plus curieusement encore de la tête aux pieds avec des regards qui n'étaient rien moins que pudiques et chastes, lesquels n'ont pas manqué de me faire rougir encore une fois et de me faire trouver très-étrange ce à quoi j'étais soumise entre les quatre murs de ce mauresque appartement où régnaient uniquement des femmes. Mais leur inspection si indiscrète une fois finie, je ne fus pas moins surprise de voir ces mêmes femmes reprendre aussitôt leur vie oisive et nonchalante, étendues ou couchées sur les coussins de leur divan, puis me laisser là avec mon entière nudité dont j'étais toujours on ne peut plus honteuse. Cependant deux d'entre elles, deux jeunes femmes d'une grande beauté, m'invitèrent à prendre place aussi sur le divan qui leur servait à la fois de lit et de siége, mais sur celui-ci je n'eus pas été plutôt assise que, malgré les alarmes de ma pudeur, il me fallut tenir la conversation avec mes deux inconnues

qui, s'exprimant moitié en français moitié
en espagnol, voulurent absolument que je
leur fisse connaître qui j'étais, d'où je venais, quelle était mon aventure et comment
j'étais devenue esclave et leur compagne.
Malheureuse ! les larmes aux yeux et en
rougissant, je satisfis à leur désir et c'est
ainsi que je leur déclinai d'abord mon nom,
celui de ma famille, le lieu de ma naissance qui était Paris, ma qualité de Française et l'âge que j'avais, puis ensuite je
leur racontai le voyage qui m'avait été pro-
mis et devait avoir lieu quand j'aurais mes
dix-huit ans accomplis, lequel ma tante à
qui ma mère m'avait confiée m'a en effet
fait faire tant en Italie qu'en Sicile où
nous ne l'avons point achevé toutes les deux
par suite de l'affreux et inattendu malheur

qui venait de nous arriver ; sur quoi je leur
fis avec indignation le récit de l'horrible
acte de piraterie qui nous avait si lestement
et si impitoyablement faites esclaves ma
tante et moi à notre plus extrême effroi, et
craignant tout de ces épouvantables figures
d'écumeurs de mer entre les mains desquels
nous nous trouvions et qui finalement nous
ont de suite menées tout droit au marché
des esclaves de cette ville-ci pour nous
vendre l'une et l'autre. Hélas ! je leur dis
comment les choses s'étaient passées là,
comment j'y avais été vendue et achetée
toute nue et surtout je leur fis connaître la
scène déchirante qu'avait amenée ma séparation d'avec ma malheureuse tante, puis
enfin comment on m'avait fait prendre
le chemin de cette maison et je me trou-

vais y être installée au milieu d'elles,
n'ayant jamais été esclave de ma vie, et cependant devant l'être maintenant pour
toujours ; ce qui est une chose que je ne
trouverai pas très-difficile quand j'en aurai
l'habitude, me firent-elles aussitôt entendre
l'une et l'autre, tout en me promettant de
me chaperonner dans ma nouvelle condition et en me déclarant aussi que je leur
convenais beaucoup et qu'elles étaient en-
chantées de faire ma connaissance. Enfin
elles furent unanimes à me dire que le noir
eunuque du harem avait eu la main très-
heureuse en achetant une jeune et jolie esclave comme moi pour en faire une odalisque de plus. — O mon Dieu ! fis-je
soudain à ces dernières paroles, je vais
donc rester enfermée toujours dans cette

maison-ci !... je ne reverrai même plus jamais ma mère ni ma pauvre tante !... que
ce sera donc triste !... je n'aurai plus personne pour me défendre et pour faire respecter ma pudeur. Mon Dieu ! je suis cependant une jeune fille honnéte, d'une
bonne naissance et appartenant à une famille honorable, je n'ai point du tout été
élevée à être ni à me montrer ainsi décou-
verte et sans aucun voile devant personne ;
que voulez-vous donc faire de moi ? car je
ne connais point vos mœurs ni votre
genre de vie, n'ayant jamais été esclave dans vos pays de l'Orient ! terminai-
je les larmes aux yeux et en m'adressant
directement à mes deux inconnues. Mais
alors elles s'empressèrent de me faire une
confidence qui acheva de me mettre la

mort dans l'âme. J'étais destinée, me dirent-elles, à faire comme elles une odalisque, à servir aux plaisirs comme aux
scènes d'amour et de débauches dont le harem dans lequel je me trouvais était fort souvent le théâtre et enfin en ma qualité d'esclave chrétienne achetée au marché, je devrai porter désormais le titre et exercer les
fonctions tout à la fois de concubine au-
près du maître de la maison, puis, là-dessus, le sourire sur les lèvres et avec des
yeux fort éveillés, elles me vantèrent tout
haut le bonheur qu'il y avait à coucher
avec un homme et à se laisser déflorer par
lui quand on ne l'avait pas encore été,
comme aussi, entre femmes, il était agréable
de coucher ensemble et de se livrer l'une
à l'autre en faisant l'amour. Tout cela fait

passer de délicieux moments qu'on me fera connaître à mon tour aussi, ajoutèrent-elles, quand je serai tout à fait entrée dans le harem où je pouvais me promettre la vie la plus voluptueuse du monde, dont, comme toutes les femmes du pays des chré-tiens, je n'avais pas la moindre idée ; mais bientôt je serai au fait de toutes les sensuelles jouissances qu'une jeune et nouvelle odalisque goûte dans le harem, comme de toutes les pratiques dont je devrai savoir faire également usage pour plaire et me rendre plus belle et plus séduisante. Puis ce fut après cela qu'elles m'apprirent qu'avant que je revêtisse le costume musulman et que je fusse touchée, l'ordre était que je prisse mon premier bain chaud de vapeurs ; mais jusqu'à ce que cela eût lieu, je devais rester toute nue et sans voile aucun comme j'étais en ce moment et peut-être même en cet état allais-je commencer d'un instant à l'autre mon service dans l'intérieur du harem, me dirent-elles encore. O infortunée ! encore une fois je baissai la tête et je rougis jusqu'au blanc des yeux de honte et de confusion, car jamais, depuis que je me connaissais, je ne m'étais entendu tenir un langage semblable de vraie courtisane ni je ne m'étais vue dans la compagnie de femmes aussi peu réservées, moi qui au contraire avais été élevée si sévèrement et avec tant de soin au milieu de la meilleure société de mon pays natal. J'avais les oreilles étourdies de tout ce que je venais d'entendre et en me voyant seule là, abandonnée toute nue à moi-même, je ne savais plus où j'en étais. Des couleurs les plus noires je me peignais non-seulement ma condition toute nouvelle pour moi d'esclave, mais encore les choses les plus ordinaires, et plus les heures s'avançaient au milieu de ce monde qui m'était inconnu, plus la séparation d'avec ma mère qui était au loin et de mon excellente tante me devenait douloureuse et me jetait dans l'abattement et le chagrin ; plus enfin je prenais en aversion ce silencieux et monotone harem ainsi que son genre de vie qui m'était présenté sous le jour le plus impudique, à commencer par le début qu'on m'y faisait faire en un état de nudité aussi indécent comme au milieu de conversations les plus licencieuses qu'il fût possible d'entendre. Grand Dieu! parce que j'étais une jeune fille étrangère tombée dans l'esclavage et n'ayant aucune expérience des mœurs du pays dans lequel j'étais à présent captive, fallait-il donc qu'on agît envers moi comme si je n'avais jamais reçu d'éducation ou comme si je n'avais jamais possédé aucun sentiment de la pudeur ni de l'innocence de mon sexe ou enfin comme si je n'avais point non plus été élevée dans les principes de la plus sévère honnêteté. On ne m'apprenait que trop que tout cela n'était en aucune estime dans ce lieu de voluptés et de débauches et qu'une fille esclave y est une fille exposée indécemment sans voile à tous les regards, et dont la vue éveille les désirs sensuels en même temps que la liberté de lui tenir, comme une créature réservée pour les plaisirs de son maître, le plus impudique des langages. Mais encore une fois qu'allais-je devenir dans cette maudite prison de femmes dont il me fallait, hélas ! prendre mon parti de ne plus sortir jamais... Sous le titre d'odalisque ou de créature destinée uniquement à plaire, non par les charmes de l'esprit ou des talents, mais bien par ceux de sa beauté naturelle et de ses sens matériels, mener là la vie d'une impudique et voluptueuse fille esclave réservée pour le concubinage et d'indignes amours ; oh ! je ne pouvais me faire à une semblable idée ; j'avais été élevée dès l'enfance trop honnêtement pour la comprendre, mais dans le malheur qui me frappait, je n'avais qu'une trop profonde ignorance des mœurs et coutumes intérieures de l'Orient ainsi que de son esclavage féminin ; ceci, je le répète, rendait d'autant plus vif le sentiment de frayeur qui me dominait en ce même moment, au point qu'à la place où j'étais assise, j'étais immobile comme une statue, mais regardant toutefois avec une certaine anxiété tout ce qui se passait autour de moi et écoutant en même temps que tâchant de comprendre tout ce qui s'y disait. Oh ! je puis bien avouer ici que ce fut en tremblant de tous mes membres que j'ai passé les premières heures de mon esclavage dans ce harem. Pour la première fois de ma vie, il est vrai, je me trouvais enfermée en pareil lieu entièrement nue et pour toujours esclave en même temps que j'étais devenue sujette de la loi d'un barbare pays par laquelle je n'étais plus rangée désormais qu'au nombre des blanches odalisques de ses harems, n'ayant plus de nom ni ne m'appartenant plus jamais à moi-même. O infortunée jeune fille ! ai-je donc tout perdu avec ma liberté, et si jeune, à peine éclose pour le monde, ne fais-je donc plus partie que du monde des filles esclaves qui peuplent un pays inconnu de l'Afrique ! Oh ! c'est du dernier poignant, quand surtout l'on était née pour jouir d'une destinée meilleure et, favorisée des dons de la fortune, passer des jours très-heureux... Maudit voyage ! aussi quel mauvais génie m'avait poussée à le faire!... C'était ma perte à laquelle j'ai couru sans pourtant le vouloir... Captive là pour toute ma vie, me voici donc à présent habitante de la Barbarie et de ses secrets harems.

Imprimerie Eugène Heutte et Cie, à Saint-Germain.

9 782014 463088